CB141408

# O FAZEDOR DE NADAS

laura morais da silva

URUTAU

2022

O —

**editora Urutau**

rua dr. manuel pacheco nobre, 128,  5 esquerdo
2830-080
barreiro (setúbal)
portugal

rua do cajú, 478
jardim das cerejeiras, 06724-015
cotia-sp
brasil

[+351] 928053619 [portugal]
[+55] 11 9 4859 2 426 [brasil]

www.editoraurutau.com
info@editoraurutau.pt

[EDIÇÃO]
débora ribeiro rendelli
tiago fabris rendelli
wladimir vaz
[REVISÃO]
juliana palermo
[IMPRESSÃO]
iverso
[ISBN]
978-65-5900-270-2

©morais silva, 2022.

**sumário**

Aos meus pais, por me ensinarem a
olhar e amar o mundo em mim.

*O criador tem de ser por si próprio um mundo e encontrar tudo em si mesmo e na natureza a que se uniu.*

**Rainer Maria Rilke,** ***Cartas a um jovem poeta***

## PERSONAGENS

**BOM DEUS**

**MÃO ESQUERDA**

**MÃO DIREITA**

**ADAN** (Imprescindível que se pronuncie segundo a fonética da língua francesa)

**ODUT** (Imprescindível que se pronuncie segundo a fonética da língua francesa)

**O FAZEDOR DE COISAS ÚTEIS** (AFAGADOR, AMOLADOR E GUARDADOR)

# PRÓLOGO

*É da penumbra, ou escuridão total, que emerge a voz do Bom Deus. Pede-se que, para o universo que lhe propomos, imagine as figuras constantemente em cena, à exceção dos Fazedores de Coisas Úteis, que entram e saem como correntes de ar. Pede-se que imagine as figuras como sendo fisicamente parecidas umas com as outras. Deixa-se o critério de escolha de paleta de cores e feitios a seu bel-prazer, desde que se dilua a diferença entre olhar para seis corpos ou apenas um. Pede-se ainda que, para sua fruição, imagine três patamares de existência: um onde habita o Bom Deus, outro onde a Mão Esquerda e Mão Direita se encontram e o de Adan e Odut. É neste último que os visitantes chegam, entram e saem. Estes patamares, pode imaginá-los puramente etéreos ou com a substância do que é físico e material — um solo com três alçapões abertos, cuja porta forma um muro que os separa. Imagine sempre na impossibilidade que se cruzem — tal qual Céu, Purgatório, Inferno e Terra — a possibilidade para que sim se cruzem e até caiam uns sobre os outros. Os patamares veem-se uns aos outros na hierarquia da criação: Bom Deus que vê Mão Direita e Mão Esquerda e estas que veem Adan e Odut.*

## BOM DEUS

Eu sou pequenino, não sei fazer nada, só sei ir à cozinha
buscar a marmelada. Porque posso, digo-vos.
Porque quero, falo-vos. Cacofonia e parafernália.
Um, dois, três, quatro, cinco, seis.
E ao sétimo.
Um, dois, três.
Não, não gosto disto.
Eu sou pequenino, não sei fazer nada, só sei ir à cozinha
buscar a marmelada. Esvazio-me. Sem encher.
Esvazio-me. Vazio-me.
Oh mãe!
Um, dois, três.
E ao sétimo.
Um dois três macaquinho do chinês.
Vi-te.
Não, não gosto disto.
Eu sou pequenino, não sei fazer nada.
Eu sou pequenino, não sei fazer nada.
Eu sou pequenino, não sei fazer nada.
Eu sou pequenina, não sei fazer nada.

*Pausa.*

Eu sou.

*Pausa.*

Pequenina.

*Pausa.*

Nada. Nada. Não deixes nada por dizer.

*Da penumbra, passamos a um ambiente iluminado — de palavras, a luz faz-se. O Bom Deus é surpreendido por um Universo que nem ele próprio reconhece. A Mão Esquerda e a Mão Direita habitam o seu patamar. Adan e Odut habitam o seu patamar. A Mão Esquerda escutou o apelo do Bom Deus, a premissa lançada. A Mão Esquerda torna-se uma personificação da ansiedade em corresponder, torna-se uma personificação da indagação. Indaga, indaga, indaga... Ao longo deste diálogo feito entre o literal e o abstracto, o Bom Deus responde sempre, sabendo que podia dar aquela resposta ou uma outra qualquer. Dialogam sem se olhar.*

**MÃO ESQUERDA**

Mas começo por onde eu quiser?

**BOM DEUS**

*Surpreendido pela pergunta, hesitante na resposta.*

Não tens necessariamente que pensar em começo, meio e fim, só não deixes nada por dizer.

**MÃO ESQUERDA**

Há limite de tempo?

**BOM DEUS**

Nem de tempo, nem de caracteres, com ou sem espaço, só não deixes mesmo nada por dizer.

**MÃO ESQUERDA**

Muito bem.

*Pausa longa.*

**MÃO ESQUERDA**

Mas imagina: se deixar alguma coisa por dizer, tenho uma segunda, terceira, quarta, quinta, sexta, sétima, (*Gagueja, oito torna-se oportunidade.*) o... portunidade para acrescentar? Ou corrigir? É possível que me engane... gagueje... e se mentir? Às vezes invento histórias que parecem factos.

**BOM DEUS**

Terás todas as oportunidades. (*Repete o mote inicial, mais para se reassegurar do que para responder à Mão Esquerda.*)

Não deixes nada por dizer.

**MÃO ESQUERDA**

Parece um ato eterno.

*Silêncio por parte do Bom Deus.*

**MÃO ESQUERDA**

Vou tomar o meu tempo. Não quero ser precipitada. É uma oportunidade fantástica a que me oferecem, não única, e por isso ainda mais fantástica.

**MÃO DIREITA**

*Discurso apanhado a média rés, como se já estivesse a falar antes, talvez sempre estivesse estado a falar, talvez tenha nascido palavras.*

(...) medíocre, sabem? A utilidade que devo dar à panóplia de talentos que tenho não é uma exigência minha. Eu não quero fazer nada, essa é a verdade. Poderei ser a melhor a fazer nadas. Poderei... Serei... Não sei bem o que isso implica também. Silêncio? Imobilidade total? Não sei, acho que nem os meus nadas são nadas... Que patético. Incapaz de ser a melhor em algo ou ir até ao fim das possibilidades, esses são os meus nadas, pronto. Nada. Nada a acrescentar.

**MÃO ESQUERDA**

*Dirigindo-se diretamente à Mão Direita, certa da coexistência de ambas.*

Desculpa, interrompi-te. O que é que estavas a dizer?

**MÃO DIREITA**

Nada.

**MÃO ESQUERDA**

Certo, certo. Continua então.

# GÉNESIS:
## A HISTÓRIA DE TUDO E DE NADA

## MÃO DIREITA

Adan era um nome invulgar, achava-se que seria um engano, um Adão que nunca o chegou a ser. Adan...achava-se também que poderia ter sido um Adónis. Mas Adan, ficava mesmo aquém. O que mais dana Adan é nada. Nada dana Adan. Anda Adan, vem cá, vem, conta-nos porque nada te dana, conta-nos porque não és Adão, nem Adónis. Vem, não deixes nada por dizer Adan.

## ADAN

Eu pedi para nascer. Sim, eu pedi para existir. Eu quis tanto e durante tanto tempo existir. Queria ser filho de nadas e ter assim em mim tudo. Riram-se de mim quando pedi para nascer. Era absurdo nascer-se. Não acrescentava nada e era invulgar pedir-se. "Adan", diziam, "O costume é dizer-se: eu não pedi para nascer".

## MÃO ESQUERDA

A minha morte começa agora. Se se pode pedir para existir e existe-se, então, eu peço para morrer e morro. Fácil. Morro. Morri.

*Denuncia a sua morte e reexistência por meio de um movimento respiratório rápido de expiração e inspiração pela boca.*

MÃO ESQUERDA

Não quero mesmo ser precipitada. Pedi para reexistir. Morrer foi simples. Reexistir também. Continuo mesmo a não querer precipitar-me. (*Pausa.*) Importam-se que fume? Sim, pois, as crianças também fumam, não há mesmo problema. É uma brincadeira distrativa, é tão bom quando estou aborrecida e me lembro que fumo. Ou fumar depois do biberão da noite. Ou fumar depois do sexo. As crianças fazem sexo. Adan não é criança. Logo Adan não faz sexo. Os adultos fazem sexo. Adan não é um adulto. Logo Adan não faz sexo. Adan não faz nada. Nada faz Adan.
*Em nenhum momento a Mão Esquerda fuma.*

MÃO DIREITA

Sou muito boa na cama também. Durmo bestialmente bem, se houvesse um concurso mundial de sono acho que... não é possível terminar, genuinamente, porque não consigo mentir. Quer dizer, sou mesmo boa a mentir, se houvesse um concurso mundial de mentir...

MÃO ESQUERDA

*Dirige-se e procura pela voz que lhe tem respondido.*

Mas interessa o interesse do que dizemos?

**BOM DEUS**

Basta dizer, o resto não interessa. Dizer muito! Dizer muito ou quase tudo. Se não tudo.

**MÃO ESQUERDA**

Odut nasceu em França. É importante que se pronuncie corretamente o seu nome Ô D Ù T, "t" silencioso, mas está lá...Ô D Ù T.

**MÃO DIREITA**

Odut.

**MÃO ESQUERDA**

*Como quem corrige a pronúncia independentemente se está a ser dito corretamente ou não.*

Não, Odut.

**MÃO DIREITA**

Odut.

**MÃO ESQUERDA**

Não, Odut.

**MÃO DIREITA**

Odut.

**MÃO ESQUERDA**

Não, Odut.

**MÃO DIREITA**

Oh, *putain*.

**MÃO ESQUERDA**

Não, oh...

*É interrompida pela Mão Direita.*

**MÃO DIREITA**

Eu sou muito boa em línguas também. Aliás eu aprendo rápido, a minha melhor qualidade é aprender rápido. Com pouco, sei fazer muito, brilho na oratória. Posso falar tão bem sobre a gravidez dos ornitorrincos como pronunciar o nome de tudo, Odut, Odut, Odut, Odut...

**ODUT**

Quando os ornitorrincos ainda habitavam o globo, eu nasci em França. Tinha um jogo de tabuleiro de conhecimento geral. Aprendia-se sobre países, história e animais... Quando eu nasci em França, sim, ainda havia ornitorrincos, mas quando atingi a idade +8 para jogar jogos de tabuleiro, já não havia ornitorrincos, mas no jogo eles estavam lá. Existiam ali então. (*Pausa.*) Ou aprendi uma não existência? (*Pausa.*) Há várias não existências que aprendemos. Quando me perguntam o que quero ser, eu respondo: quero ser um ornitorrinco.

**MÃO ESQUERDA**

Eu não queria mesmo ser precipitada, pelo que morro de novo. Há problema de não ter dito muito ou tudo ou nada? É que não estou a saber jogar e parece-me que sou a única. Talvez não tenha idade.

**BOM DEUS**

Está tudo certo. Morres.

*Mão Esquerda denuncia a sua morte e reexistência repetindo o movimento respiratório rápido de expiração e inspiração pela boca que fez anteriormente.*

**MÃO ESQUERDA**

Então, sendo ponderada e não precipitada, aguardo. Pode-se passar a vez?

**BOM DEUS**

Pode.

**MÃO ESQUERDA**

Mas deve-se?

**BOM DEUS**

Deve-se.

**MÃO ESQUERDA**

Eu acho que tu concordas com tudo o que digo.

**BOM DEUS**

Discordo.

**MÃO ESQUERDA**

Não discordes. Lido melhor com a concordância.

**BOM DEUS**

Mentes.

**MÃO ESQUERDA**

Eu já te ouvi dizer isso antes! Da mesma forma que disseste agora!

**MÃO DIREITA**

Há uma coisa que sei fazer muito bem também, acessar a informação que não sabia que sabia, sabias?

**MÃO ESQUERDA**

Desculpa, interrompi-te. O que é que estavas a dizer?

**BOM DEUS**

*Surpreendido.*

Eu já te ouvi dizer isso antes! Da mesma forma que disseste agora!

**MÃO ESQUERDA**

*Impertinente.*

Mentes. Acabo de existir.

**BOM DEUS**

*Confuso.*

Certo, certo. Continua então.

**MÃO DIREITA**

Por exemplo, a história de Adan e Odut, não sabia que a sabia e sei. Adan pediu para existir no dia em que Odut nasceu em França. Adan pediu para existir aqui, por ser calmo e fácil de gerir. Odut, veio de longe e encontrou-se com Adan, na senda de ser um ornitorrinco. Precisava de um lugar calmo e fácil de gerir para ser um ornitorrinco, aqui ouviu dizer que era calmo e fácil de gerir. Quando Odut olhou Adan, este esboçou um sorriso aberto, daqueles que transmite a confiança de quem se escolheu a si próprio.

# O (RE)ENCONTRO

*Adan e Odut, do seu patamar de existência, interagem pela primeira vez.*

**ADAN**

Achas que demoraste muito a chegar?

**ODUT**

Não. E isso assusta-me.

**ADAN**

Mas não era o que querias?

**ODUT**

Não esperava o teu olhar calmo, sobre mim, aqui.

**ADAN**

Fecho os olhos. Melhor?

**ODUT**

Mais fácil, sim.

**MÃO ESQUERDA**

Tive uma ideia. Morro.
*Mão Esquerda denuncia a sua morte e reexistência repetindo o movimento respiratório rápido de expiração e inspiração pela boca que fez anteriormente.*

**MÃO ESQUERDA**

Decido dizer pelos outros, sou melhor a cuidar de outros, assim cuido de mim. Prefiro falar dos outros. Acaba-se por falar de si falando dos outros. Ou tenho que... (*Procura que a sua fala alcance a voz que lhe responde, numa ânsia de ser cautelosa e ponderada.*) É mandatório que fale de mim?

**BOM DEUS**

Não.

**MÃO ESQUERDA**

Eu não me vou precipitar. Vou começar devagar. (*Fala de forma ralentada.*) Odut nasceu em França, ao mesmo tempo que Adan começou a existir. (*Ralenta ainda mais, por não ter a certeza, arrasta-se na incerteza.*) A partir desse momento, ambos começaram a existir, mas não sabiam um do outro.

**BOM DEUS**

*Imita a impertinência da Mão Esquerda.*

Mentes.

**MÃO ESQUERDA**

Morro?

*Desta vez, Mão Esquerda não morre sem aprovação.*

**MÃO DIREITA**

*Não ouviu a voz do Bom Deus, mas retifica a história.*

Quando Adan escolheu existir, sabia que em França nascia Odut. Sabia que ia ter que esperar que Odut o encontrasse, mas sabia que nesse dia ia esboçar um sorriso. Todos os dias treinava este sorriso, porque queria que nesse sorriso cheio de nadas por nadas Odut se encontrasse.

**MÃO ESQUERDA**

A partir desse momento, ambos começaram a existir. Odut não sabia da existência de Adan. E antes de descobrir a sua vocação como ornitorrinco, procurava ser o melhor da coisa mais inútil que pudesse existir na sua vida.

**ODUT**

Podes abrir os olhos, por favor?

**ADAN**

Acho que sim. Espera. Posso abrir os olhos? (*Pergunta-se como se perguntasse a um outro, esperando ouvir resposta.*) Sim.

**ODUT**

Quero que vejas e me digas o que achas.

*Começa a chorar copiosamente.*

**ADAN**

Mas, mas... isso é magnificente.

**ODUT**

Obrigada.

**ADAN**

És belo assim.

**ODUT**

Eu sei.

**ADAN**

Podemos começar por aqui? Só isto durante algum tempo, quero olhar bem para ti assim.

**ODUT**

Temos tempo. Ficamos assim por um tempo.

**MÃO DIREITA**

Percebeu rapidamente que a coisa mais inútil na sua vida era chorar, porque não gerava efeito, não havia consequência. Quando acontecia sem querer, quando acontecia com querer... ouvia dizer que era um desperdício de água chorar. Em França há sítios com mar, então Odut, que vivia num sítio com mar em França, começou a ir à praia chorar para o mar, para que as suas lágrimas não fossem um desperdício.

**ODUT**

Há mar aqui?

**ADAN**

*Entendendo perfeitamente a que Odut se referia.*

Não, mas eu bebo-tas, não há problema.

**ODUT**

Mas não matam sede. No início enchia copos para as beber e para que a minha inutilidade não fosse um desperdício. Mas não matam sede. Tu não queres matar a sede?

**ADAN**

Não, pelo contrário. Quisesse eu matar a sede, e estaria a tentar dar um objetivo à tua arte inútil. Tens medo que seja um desperdício se eu tas beber? Estás a contradizer-te, acho que tudo o que construíste foi só um paradoxo.

**ODUT**

Não era o que pretendia... queria mesmo só ser inútil... o melhor na arte mais inútil. Achas... achas que deixe cair as lágrimas?

**ADAN**

Não sei. Estarias a regar este solo, não?

**ODUT**

O que é que este solo dá?

**ADAN**

Nada.

**MÃO ESQUERDA**

Quantas vezes se pode morrer?

**BOM DEUS**

As vezes que forem precisas.

**MÃO ESQUERDA**

Precisas para quê?

**BOM DEUS**

Para…

*É interrompido por Odut.*

**ODUT**

Nada?

**ADAN**

Não brota nada. Neste solo não brota nada.

**ODUT**

Mas já tentaste cultivá-lo?

**ADAN**

Com o quê, por exemplo?

**ODUT**

Não sei... sementes?

**ADAN**

De quê?

**ODUT**

Do que quiseres... O que é que consomes de relevante?

**ADAN**

De relevante, nada.

**ODUT**

E de não relevante?

**ADAN**

De não relevante... hum... creio que nada.

**ODUT**

*Silêncio.*

**ADAN**

As tuas lágrimas são relevantes?

**MÃO ESQUERDA**

Creio que preciso morrer novamente. Morro.

*Mão Esquerda denuncia a sua morte e reexistência repetindo o movimento respiratório rápido de expiração e inspiração pela boca que fez anteriormente.*

**MÃO ESQUERDA**

Obrigada.

**BOM DEUS**

*Indaga.*

Por que agradeces?

**MÃO ESQUERDA**

Por ter morrido e renascido, há problema?

**BOM DEUS**

Nenhum.

**MÃO ESQUERDA**

Há. Diz que não, mas acha que sim. É que não faz sentido, na nova existência, eu agradecer algo da última existência. Se pedi para morrer antes, agora devia começar em branco, do nada, talvez com um olá, em vez de obrigada, não se agradece por nada, não se agradece por tudo e por nada. Merda, precipitei-me. Talvez, na próxima vez, deva passar algum tempo em silêncio. Como se ainda não coubessem palavras gordas na minha boca recém-aberta. Eu gostaria mesmo que alguém me ajudasse... ou me dissesse o que fazer. Pronto, não o que fazer, mas como fazer, não quero o peixe, quero a linha, é assim que se deve pensar não é? Quero a linha e falar dos outros, sobre os outros, pelos outros. (*Pergunta dirigida à Mão Direita.*) Se esta é uma decisão?

**MÃO DIREITA**

Como?

**MÃO ESQUERDA**

Perguntaste se esta era uma decisão que eu tenha tomado?

**MÃO DIREITA**

Conhecemo-nos?

**MÃO ESQUERDA**

Já falamos algumas vezes…

**MÃO DIREITA**

Não me lembro, desculpa. Sou muito direta.

**MÃO ESQUERDA**

É natural… na verdade, eu sou um recém-existente. Mas falaste com existências minhas anteriores.

**MÃO DIREITA**

Ah… 'tá… Precisas de uma linha é isso?

**MÃO ESQUERDA**

Era uma metáfora.

**MÃO DIREITA**

Ah… 'tá… Desculpa, não sou muito boa ouvinte.

**MÃO ESQUERDA**

Não há problema. Desinteresse?

**MÃO DIREITA**

Não é bem. É que eu já sei, sabes?

**MÃO ESQUERDA**

Não.

**MÃO DIREITA**

Já sei o que vais dizer.

**MÃO ESQUERDA**

Ah, é? Então o que é que eu vou dizer a seguir?

**MÃO DIREITA**

Não, não é assim que funciona. É mais a sensação do que estás a dizer. O meu corpo já sabe, então fico só à espera da tua resolução final... (*Ao mesmo tempo que Mão Esquerda.*) MORRES!

**MÃO ESQUERDA**

*Ao mesmo tempo que Mão Direita.*

MORRO!

*Mão Esquerda denuncia a sua morte e reexistência repetindo o movimento respiratório rápido de expiração e inspiração pela boca que fez anteriormente.*

**MÃO ESQUERDA**

Tu sabias mesmo o que eu ia dizer?

**MÃO DIREITA**

Conhecemo-nos?

**ODUT**

É precisamente essa a questão — não quero que as minhas lágrimas sejam relevantes.

**ADAN**

Mas não queres que sejam um desperdício... novamente... talvez a tua arte inútil seja criar paradoxos.

**ODUT**

Mas essa não é uma arte palpável e relevância e desperdício não estão diretamente relacionados.

**ADAN**

Certo, não são antónimos completos um do outro, talvez antónimos incompletos em contextos específicos.

**ODUT**

É isso, basta encontrar um contexto específico.

**ADAN**

Para quê?

**ODUT**

Para que as lágrimas não sejam um desperdício de água, mas para que, ao mesmo tempo, não se tornem relevantes no seu não desperdício.

**ADAN**

Mas eu bebo-tas, não há problema.

**ODUT**

Por alguma razão, tenho a sensação de que és relevante...

**ADAN**

*Silêncio.*

**ODUT**

As minhas lágrimas serem bebidas por alguém relevante torna-as relevantes...

**ADAN**

*Silêncio.*

**ODUT**

Passariam a ser as lágrimas que a pessoa relevante bebeu.

*Silêncio.*

**ODUT**

Entendes?

**ADAN**

Pouco. Entendo pouco.

**MÃO DIREITA**

Adan ensaiava sorrisos. Era prático e limpo. Não exigia que se movimentasse muito, não deixava lesões, nem marcas, mas agradava-lhe a ideia de poder decidir. Decidir, sempre que quisesse, independentemente do seu estado de espírito, sorrir e esboçar o sorriso mais apropriado à situação. Adan era de facto excepcional em algo — sorrir. Invejo Adan. Não por sorrir, mas por ser excepcional em algo.

**MÃO ESQUERDA**

Odut passara a vida a ouvir dizer que: não se chora sobre leite derramado. Decidiu desde cedo, como ponto de partida para a vida, ser extremamente literal e extremamente rebelde. A sua rebeldia era contradizer chavões. Começou a derramar leite no chão ou em qualquer espécie de superfície e a chorar em cima do leite derramado. Esperava que algo acontecesse, já que não se chora sobre leite derramado ou não vale a pena chorar sobre leite derramado. Agradava-

-lhe o não valer a pena, agradava-lhe desperdiçar leite em vez de água. Nunca ninguém falava do desperdício de leite, só se falava do desperdício de água e assim as suas lágrimas seriam irrelevantes, inúteis, num ato que não vale a pena.

**ODUT**

Tens leite aqui?

**ADAN**

Sorri.

**MÃO DIREITA**

Viram isto? Viram este sorriso? Excepcional.

**MÃO ESQUERDA**

Não consigo deixar de pensar que és tu quem é excepcional aqui... Só me assombra a minha previsibilidade. Talvez imponha um limite de mortes a mim própria, que isto está a ficar descontrolado. Pronto, posso morrer mais três vezes para tentar não deixar nada por dizer. À última, fico em silêncio, castigada, com tudo o que teria para dizer encerrado só em mim...

**BOM DEUS**

*Como quem se autoquestiona.*

Não é mau...

**MÃO ESQUERDA**

Agradecia que não fizesses juízos de valor, neste momento não me ajuda em nada. Se não vais decidir por mim, se não me vais dar ordens para cumprir. Ah e como sou boa a cumprir... Se não me vais dar ordens para cumprir, CALA-TE!

**BOM DEUS**

*Incerto, puramente reativo.*

Morre.

*Mão Esquerda denuncia a sua morte e reexistência repetindo o movimento respiratório rápido de expiração e inspiração pela boca que fez anteriormente. Renasce em silêncio*

**MÃO DIREITA**

Quanto tempo Adan terá passado a ensaiar sorrisos, ninguém sabe. Sabe-se apenas que terá sido o período entre o nascimento de ambos e o seu encontro. Nunca os catalogou, numerou, gravou e estudou. Deve ter tido tempo, acredita-se que deve ter tido muito tempo. E talvez seja por isso que eu não sou excepcional em nada, certamente é isso, eu não tenho tempo. Quando me quero dedicar a algo, é necessário que catalogue, numere, transforme em tabela, para ter fácil acesso quando tenho tempo para me dedicar. Não posso depender da memória, esperar que o meu corpo assimile. Não há tempo. Adan teve tempo, é isso. E se não for, passa a ser, porque preciso de me acalmar para continuar.

**MÃO ESQUERDA**

Continuar para onde?

**MÃO DIREITA**

Sei lá. A palavra existe, não existe? Toda a gente a usa, não usa? Então pronto, continuar.

**MÃO ESQUERDA**

Reconheces-me?

**MÃO DIREITA**

Sei lá. De onde?

**MÃO ESQUERDA**

De há bocado.

**MÃO DIREITA**

Que sítio é esse?

**MÃO ESQUERDA**

O mesmo em que estamos agora, mas antes.

**MÃO DIREITA**

Antes eu não estava aqui.

**MÃO ESQUERDA**

Não, antes de eu estar…

**MÃO DIREITA**

Então se não estavas, como haveria de te conhecer?

**MÃO ESQUERDA**

Não és tu que sabes sem saber?

**MÃO DIREITA**

*Surpreendida.*

Como é que sabes isso?

**MÃO ESQUERDA**

Porque te conheço de há bocado.

**MÃO DIREITA**

És confusa.

**MÃO ESQUERDA**

Eu sei, por isso é que vou na minha sexta morte.

**MÃO DIREITA**

Só se morre uma vez.

**MÃO ESQUERDA**

E nascer?

**MÃO DIREITA**

Só se nasce uma vez.

**MÃO ESQUERDA**

E existir?

**MÃO DIREITA**

Só se existe uma vez.

**MÃO ESQUERDA**

Posso-te garantir que isso não é verdade.

**MÃO DIREITA**

Posso-te garantir que é.

**MÃO ESQUERDA**

Posso fazer uma demonstração, se estiveres interessada.

MÃO DIREITA

Podes fazer a demonstração, só não te garanto que esteja ou vá ficar interessada. Interesso-me por pouco.

MÃO ESQUERDA

Isso coloca-me numa posição complicada.

*Silêncio.*

É que impus um número limite de mortes a mim mesma.

*Silêncio.*

Achei que já estava a abusar.

*Silêncio.*

Não que alguém me tenha dito.

*Silêncio.*

Foi mais uma sensação.

*Silêncio.*

Portanto, pelo limite que impus a mim mesma, teria mais duas mortes, teria direito a mais duas mortes, teria a possibilidade de mais duas mortes. E ia gastar uma, só para uma demonstração, para te provar que podes, sim, morrer e renascer as vezes que quiseres ou precisares. E sendo que não tenho garantias de que te vá interessar. Nem sequer de que vás acreditar... Além de que já morri e renasci à tua frente e tu nem deste conta... Portanto teria que ser uma demonstração pensada e estruturada para resultar.

**MÃO DIREITA**

*Subitamente interessada.*

Garanto-te que nunca morreste e renasceste à minha frente.

**MÃO ESQUERDA**

Garanto-te que já.

**MÃO DIREITA**

Garanto-te que não.

*Silêncio.*

Explica-me lá como se faz primeiro.

**MÃO ESQUERDA**

Então eu peço-LHE para morrer e morro e, logo a seguir, renasço.

**MÃO DIREITA**

Pedes a quem?

**MÃO ESQUERDA**

*À falta de melhor definição.*

LHE.

**MÃO DIREITA**

Então são só palavras e números.

**MÃO ESQUERDA**

*Silêncio.*

**MÃO DIREITA**

E não tens medo?

**MÃO ESQUERDA**

De?

**MÃO DIREITA**

Uma das vezes, não renasceres mais.

**MÃO ESQUERDA**

Talvez. Talvez por isso tenha imposto um limite. Um limite do que seria razoável.

**MÃO DIREITA**

Em quantas vais?

**MÃO ESQUERDA**

Seis.

**MÃO DIREITA**

É um número baixo…

**MÃO ESQUERDA**

Tendo em conta, sim, é um número baixo.

**MÃO DIREITA**

E são só palavras e números. "Palúmeros". Ou "Númavras".

**MÃO ESQUERDA**

Quê?

**MÃO DIREITA**

Sou muito boa a fazer várias coisas, uma delas é não perder tempo e evitar ser descabida. Seis tanto é palavra como número. Isto porque falo por extenso. Se só soubesses contar até seis, achas que seis continuava a ser uma "númavra" baixa de mortes? Sabes até quanto esse LHE sabe contar? Sabes a medida do teu mundo?

*Silêncio.*

**MÃO ESQUERDA**

*Silêncio.*

**MÃO DIREITA**

Sou impaciente. Perdi tempo e "númavras" contigo. Estou desinteressada agora. Podes fazer o que bem entenderes. Já não estou aqui.

**MÃO ESQUERDA**

Acho "palúmero" mais bonito. Soa melhor ao ouvido. Agora não me lembro o que vem a seguir ao "palúmero" seis. Desculpa. Não te vou conseguir provar.

**BOM DEUS**

*Pensativo.*

O que vem a seguir a seis? (*Pensa em silêncio durante um momento.*) "As vezes que forem precisas" é o que vem a seguir a seis. Um, dois, três, quatro, cinco, seis. E ao sétimo. Não, não gosto disto. "As vezes que forem precisas" é o que vem a seguir a seis.

*Odut a admirar o sorriso de Adan.*

**ODUT**

Mas, mas… isso é magnificente.

**ADAN**

Obrigado.

**ODUT**

És belo assim.

**ADAN**

Eu sei.

**ODUT**

Podemos começar por aqui? Só isto durante algum tempo, quero olhar bem para ti assim.

**ADAN**

Temos tempo. Ficamos assim por um tempo.

**ODUT**

Já ficamos assim por um tempo.

**ADAN**

Podemos ficar mais, digo.

**ODUT**

Sou impaciente.

**ADAN**

*Sorri mais.*

**ODUT**

Posso-te provar?

**ADAN**

Podes.

**ODUT**

*Prova o sabor de Adan.*

**ADAN**

E então?

**ODUT**

Saboroso. Sabes a nada. Sabor amadurecido de Casta Nhola, com um travo aveludado de nata, nada. Ideal para acompanhar com castanhas no solstício. (*Saboreia por mais um momento, saboreia e continua a admirar o sorriso de Adan.*) Esse é um sorriso de leite?

**ADAN**

Já não, estes são mesmo definitivos.

ODUT

Tens os de leite numa caixinha?

ADAN

Não é algo que eu saiba.

ODUT

Pena, gostaria de chorar em cima deles.

ADAN

Mas eu não os derramei, são, eram sólidos, os sólidos não se derramam, caem.

ODUT

Tens leite aqui?

ADAN

Às vezes sim. Tem que se esperar.

ODUT

Quando eu for um ornitorrinco, terei o meu próprio leite. Assim poderei chorar deitada, só deixar escorrer as lágrimas pelo peito.

MÃO DIREITA

Sou impaciente. Estou desinteressada. Era urgente que alguém dissesse a Odut que os ornitorrincos NÃO estão extintos. Que não tem propósito a sua vida e procura em tornar-se num. Que não se pode morrer e renascer. Mas Adan não é impaciente. Talvez, também para Adan e ali, os ornitorrincos estejam extintos. Por isso sorri. Por isso espera pelo que vier, sem poder escolher ou saber o que vem, espera e vai sorrindo. Esperou por Odut.

MÃO ESQUERDA

Odut sem saber, esperava por Adan. Esperar não tem que ser um ato de estar parado. Odut esperou em movimento, em movimento chorava e esperava. As lágrimas em movimento voavam e ficavam para trás. Odut acreditava que quão mais veloz fosse, mais inúteis seriam as suas lágrimas.

MÃO DIREITA

Então? Morreste?

MÃO ESQUERDA

Não, senão não me reconhecerias.

MÃO DIREITA

Importavas-te se eu não te reconhecesse?

**MÃO ESQUERDA**

Ainda não sei bem. Neste momento creio que não, não me importaria, mas sinto que isso pode mudar a qualquer altura. Primeiro estou a perceber se, por mim, me importaria que não me reconhecesses. Se isso ia significar que eu ia existir menos, ou não de todo. Preciso de tempo e tu és impaciente. Neste momento não me importo que não me reconheças.

**MÃO DIREITA**

Sou impaciente. E posso ser eu a matar-te.

**ODUT**

E posso esperar deitada, esperar por outras coisas, que não leite. As coisas que se esperam mudam muito. Gosto de esperar por uma de cada vez. Pelo que esperas tu agora?

**ADAN**

Agora, espero pelo Afagador.

**ODUT**

Ele dá-te afago?

**ADAN**

Também.

**ODUT**

E é bom o afago dele?

**ADAN**

É.

**ODUT**

E pertence-te só a ti o afago dele?

**ADAN**

Não, não, nada me pertence. O afago dele pertence-me tanto como à minha alma, a este solo, às rugas da minha testa ou a ti.

**ODUT**

A mim? Achas que preciso de afago?

**ADAN**

Talvez... O ato de sorrir ou de chorar provocam irregularidades na pele, por isso se afaga tanto quem sorri, como quem chora.

**ODUT**

Referes-te a rugas?

**ADAN**

Rugas: os caminhos que as lágrimas percorrem e que os sorrisos edificam.

**ODUT**

Mas eu quero guardar esses caminhos. Até ter um labirinto. Quando for um ornitorrinco, com labirintos traçados de tanto sorrir, aí as lágrimas talvez se percam, uma inutilidade em si, de percorrer caminhos que não levam a lado nenhum. (*Após uma pequena pausa.*) Acho que não quero afago do Afagador.

*Silêncio.*

**ODUT**

E tu?

**ADAN**

Pois se eu só sorrio, cravo labirintos em mim, que nada nem ninguém percorre. Talvez arte ainda mais inútil...

**ODUT**

Posso chorar em ti até tu aprenderes, caso não queiras ser inútil.

**ADAN**

Corres o risco de te tornar útil assim.

**ODUT**

*Surge um risco no chão e Odut corre sobre ele ininterruptamente enquanto pergunta.*

Este sítio onde estamos é o labirinto que alguém sorriu? É sempre árido? Ou lacrimeja aqui?

# A RÁBULA DO AFAGA A DOR

*De um outro patamar de existência, que não nos é visível — pois nem todos o são — entra o Afagador lentamente, entra enquanto já alisa o solo. Odut continua a correr ininterruptamente sobre o risco, pois prezava por ser extremamente literal e extremamente rebelde. O Bom Deus, que permaneceu bastante tempo a observar, a tentar compreender, a indagar e a responder à Mão Esquerda, vê na chegada do Afagador algo a mais que lhe foge ao controle, a mais de todo o resto, tenta fazer-se ouvir, que alguém o ouça. Ninguém ouve.*

**BOM DEUS**

*Dirigindo-se ao Afagador.*

Não deixes nada por dizer. Podes parar. Tu. Sim. Para. Para com isso. Tu. Isso dói. Dói-me. Pára. (*Pequena pausa.*) Sei tão pouco sobre eles. Todos, digo. Deixei-os cair aqui, sem grandes direções, ou conselhos. Fiz um solo demasiado escorregadio e dei-lhes todas as possibilidades. A maior — a de se inventarem uns aos outros. Sei ainda menos sobre eles, esses outros. É que foi sem querer, sabem? Estava tudo muito incompleto e deixei-os cair. Agora eles esperam orientação. Não era suposto eu existir para eles. Queria que atingissem a completude em si próprios, que não me procurassem. Esperava não ter que os assistir constantemente. Poder fechar os olhos descansado, suspirar um pouco.

Transpirar um pouco. Deixar que acontecessem. Mas são tão surpreendentes. Por serem tão inseguros. Não se contentam com seguir uma possibilidade, ficam nos preâmbulos de todas as possibilidades e não seguem nenhuma. Contagiante este estado. Fico eu agora na dúvida, se deveria só dissolver sal neste solo escorregadio e que todos desaparecessem. Sal arde, arde, está a arder, podes parar. (*Para o Afagador.*) Tu, sim. Mas não tenho a quem perguntar se devo. E duvido então. Permito-me ficar a duvidar e observar. Não dói, nem provoca calor, nem conforto, não é amargo, não é doce, não provoca náuseas, nem arrepios, nem medo, nem alegria, nem alergia. Só dúvida. Porque, talvez como eles, não saiba se, caso decidisse acabar com isto tudo, haveria possibilidade de voltar a recomeçar. Coragem. Amarrotar tudo e recomeçar. (*Para o Afagador.*) Tu podes parar com isso, de fazer (*Ênfase na palavra fazer. É que ali, naquele labirinto não é o lugar do fazer.*) de fazer isso. Pronto. (*Imita a Mão Esquerda. A cada vez imita inclusive o movimento respiratório rápido de expiração e inspiração pela boca a cada tentativa. Seis vezes.*) Morro. Não? Morro. Morro. Morro. Morro. Morro. Seis. Não funciona assim. (*Para o Afagador.*) Tu para com isso. Não deixes nada por dizer.

*Silêncio.*

Dúvida. Que merda de chatice, porra, merda de chatice. Sejam rebeldes. Ouvem? Agora ouvem? Que merda de porra de chatice que fiz aqui. Já nem sei se fiz, o que fiz, nem se pretendia fazer. Porra, deixei-os cair, merda de chatice. Sei que em breve terei que partir. Vejo mal daqui. Talvez seja isso. Vejo mal daqui. (*Para o Afagador.*) Tu. Sim tu. Para. Vejo-te mal daqui. Vejo-vos mal daqui.

*O Afagador depara-se com Odut, que continua a correr o risco, para e fica à espera que Odut saia do caminho para completar a sua tarefa. Mas Odut ignora o Afagador e continua a correr o risco.*

**ODUT**

*Para depois de um bocado, no tempo que ele escolheu, na frente do Afagador, e pergunta-lhe.*

Era o sorriso de quem esse labirinto?

**AFAGADOR**

*Languidamente.*

Do desígnio. Preciso de acabar esse troço.

**ODUT**

Mas este não é do desígnio. Este já não é do desígnio.

**AFAGADOR**

*Consulta um mapa de horários ou qualquer outro documento equivalente.*

Está no mapeamento do dia hoje. Dia seis.

**ODUT**

Mas é que eu corri muito o risco, este risco, neste labirinto. Já não pertence só ao desígnio, pertence-me a mim também.

**AFAGADOR**

*Volta a olhar para o mapa.*

Está no mapeamento do dia de hoje. Dia seis.

**ODUT**

Sabes que decidi que não quero o teu afago.

**AFAGADOR**

É dia seis. (*Ligeiramente preocupado.*) Esperaram muito? Hoje está mapeado. Não posso sair daqui sem terminar. É o último que me falta do mapeamento. Não posso deixar nada por fazer.

**ADAN**

Então e amanhã?

**AFAGADOR**

*Volta a olhar para o mapa.*

Amanhã, ora vamos cá ver. Torna-se impossível adiar.

**ADAN**

E ontem?

**AFAGADOR**

*Volta a olhar para o mapa.*

Ontem, ora vamos cá ver. Ontem torna-se impossível adiantar. Estiveram a fazer o mapeamento de hoje. É o final do meu turno.

**ODUT**

*Para Adan enquanto aponta para o risco que correu.*

Deita-te. Aqui.

**ADAN**

Eu? Mas é o teu risco. Não ouso pisar.

**ODUT**

Já não é risco. Sente. Sentes? Pisa. Não pisas, entras, afunda. Deita-te. (*Adan deita-se e Odut pergunta ao Afagador.*) Poderias terminar o teu turno assim?

**AFAGADOR**

Preciso só que brilhe. No mapeamento, fui destacado para que brilhasse também.

**ADAN**

Achas-me incapaz de brilhar?

**AFAGADOR**

Não és solo, compreendes?

**ODUT**

Mas faz parte do solo, eu cultivei-o lá, sabes por quê? Porque eu posso plantá-lo à vontade, ele não produz nada, eu corri o risco, fiz uma depressão no solo e agora criei-te uma irregularidade. E sim ele brilha. Talvez não da mesma maneira, mas brilha.

**ADAN**

Lembras-te de mim de antes?

**AFAGADOR**

Isso é onde?

**ODUT**

Ora, o mesmo que agora mas há bocado.

**AFAGADOR**

Eu comecei só dia seis. Devia ser outro eu, outro de mim, digo.

**ODUT**

Termina.

**BOM DEUS**

*Para o Afagador. Ainda embrenhado em dúvida.*

Não deixes nada por fazer.

**MÃO ESQUERDA**

*Para Bom Deus.*

Diriges-te a mim?

**MÃO DIREITA**

*Para Mão Esquerda.*

Diriges-te a mim?

**MÃO ESQUERDA**

*Para Bom Deus.*

Repete o que disseste. Disseste uma coisa diferente do que no início. Podes repetir? Só para me assegurar do que disseste.

**MÃO DIREITA**

O que é que LHE disse?

**MÃO ESQUERDA**

Disse-lhe para repetir o que disse, para me assegurar de que ouvi bem.

**MÃO DIREITA**

Sim, mas o que é que LHE disse.

**MÃO ESQUERDA**

Podes parar, já te respondi.

**MÃO DIREITA**

Não me estás a querer entender.

**MÃO ESQUERDA**

A culpa é dos "palúmeros".

**MÃO DIREITA**

Não, neste caso é palavra.

**MÃO ESQUERDA**

*Para Bom Deus. A sentir-se injustiçada.*

Eu quero que me digas isso a mim. Fazer é diferente do que dizer. Eu sei que serei melhor a não deixar nada por fazer. Dizes-me só o que queres que faça, e eu termino. Todos os dias uma coisa diferente, para o resto dos dias, até ao dia seis, a mesma coisa, seja. E assim não tenho mais medo, porque já não vou querer morrer e reexistir, não vou ter tempo para isso. Dizer não é fazer, é bem diferente. Eu ouvi lá no fundo, juro que ouvi, bem no eco daqui, disto, eu ouvi-te! Repete!

**MÃO DIREITA**

Calma, tem calma. É preciso continuar.

**MÃO ESQUERDA**

Continuar para onde?

**MÃO DIREITA**

Continuar para lado nenhum. Só continuar a correr o risco.

*Surge um risco no chão e a Mão Esquerda e a Mão Direita correm sobre ele ininterruptamente. Claramente os patamares de existência começam a derramar-se uns sobre os outros, torna-se difícil discernir o que pertence a cada um, se é que existe pertença. As passadas de Mão Esquerda e Mão Direita contaminam a paisagem sonora de Adan, Odut e do Afagador. Escutam, es-*

*cutam o ribombar destes passos e assustam-se. Não, não gosto disto. Indagam.*

**ODUT**

Vai lacrimejar hoje?

**AFAGADOR**

*Referindo-se ao som que ouviram.*
Eu acho que é punição. Por não me deixarem terminar.

**ODUT**

Termina então!

**AFAGADOR**

Mas com ele ali não é possível.

**ODUT**

É sim. Afaga. Afaga-o. Sabes que ele te esperava? Ele esperou-te. Ele disse-me. Eu não. Eu nem sabia que tu vinhas. Trazes leite?

**AFAGADOR**

Não...

**ODUT**

Afaga-o. Só isso, durante algum tempo.

**AFAGADOR**

Mas por quê? É que não me mandaram fazer nada disto, não é suposto.

**ODUT**

Talvez assim pare de doer. Não deixes nada por dizer.

*O Afagador fica em dúvida de como proceder, algo na desconstrução da sua tarefa o leva a pensar que de facto não há impossibilidade nenhuma naquele cenário, ou talvez contexto específico, que o impossibilite de terminar, de cumprir. Um Afagador sabe que cada solo é um solo, que cada irregularidade é uma irregularidade, um Afagador sabe do seu ofício. Adan não era um solo vulgar. Então o Afagador afaga Adan como se afaga um corpo humano, passa as mãos naquele corpo, gentilmente, com agilidade, como se de facto, com o seu afago apaziguador, Adan se embrenhasse naquele solo de onde brota nada e onde nada se cultiva. Como se com o seu afago, Adan continuasse a embrenhar-se até chegar ao outro lado. O tempo do afago é feito pela medida da qualidade do Afagador.*

**ADAN**

Eu sei que não fui o primeiro a pedir para existir. Ninguém foi o primeiro a nada. Esta dor não é minha, é a do labirinto, se ao menos corresse água, é a aridez que vai fazendo doer. (*Pergunta-se como se perguntasse a um outro, esperando ouvir resposta.*) Assim está melhor não está? Sim, assim não dói. E veem como o ruído continua, não há nada que possamos fazer para o parar, nem sabemos o que o provoca. É calmo e fácil de gerir. (*Pergunta-se como se perguntasse a um outro, esperando ouvir resposta.*) Assim está melhor, não está? Sim, sem dúvida que assim está melhor. Cheiras a suave. Cheiras a dia seis. Cheiras aquelas memórias (*Ri-se como se tivesse dito um disparate, desses disparates que as crianças que fumam dizem, e corrige-se.*), não memórias, antes aquilo que desenhamos quando fechamos os olhos. Tudo tem a mesma cor mel-torrado, a brisa morna — a mornidão, sim a mornidão (*Reafirmando esta grande descoberta.*) — a mesma respiração. (*Faz um movimento respiratório lento de expiração e inspiração pela boca. Fosse este movimento rápido e confundir-se-ia com o de morte e reexistência da Mão Esquerda. Mas este é lento.*) Tudo tem o mesmo som, o mesmo afago no peito. Tudo é o mesmo dia. Dia seis. Tudo se passou no mesmo dia. Tudo tem o mesmo cheiro. Cheiras a isso tu.

*O Afagador para por uns momentos e analisa Adan, já não como superfície, contempla a sua humanidade, procura o suave em si.*

**BOM DEUS**

*Como se o afago tivesse sido no seu próprio peito.*

Sim, assim está melhor. Dói menos, mas duvido igual. (*Para o Afagador.*) Tu. Sim, tu. Não pares agora. Duvidar não dói, nem provoca calor, nem conforto, não é amargo, não é doce, não provoca náuseas, nem arrepio, nem medo, nem alegria, nem alergia. Não é a dúvida que dói. Não é o que dói. (*Para o Afagador.*) Tu. Sim, tu. Não pares agora. Sim, assim está melhor. Dói menos…

*A Mão Esquerda e Mão Direita continuam a correr o risco ininterruptamente. Neste momento, as fronteiras entre os patamares de existência estão ténues, derretem uns sobre os outros. O que se ouve, o que se vê, o que se diz e faz vai-se diluindo. Quem se dirige a quem? Têm poder sobre o que ouvem e de quem? A Mão Esquerda ouve o apelo do Bom Deus que conhece como LHE. "Tu. Sim, tu. Não pares agora." Ouve e responde-lhe. A Mão Direita não ouve aquele que conhece como LHE, só ouve a Mão Esquerda, só responde à Mão Esquerda.*

**MÃO ESQUERDA**

Mas estou a ficar cansada.

**MÃO DIREITA**

Podes sempre parar. Quando quiseres.

**MÃO ESQUERDA**

Mas eu acho que estou a fazer alguma coisa agora. E isto é mais fácil do que o de antes.

*Mão Direita para de correr o risco, não está cansada, simplesmente escolhe parar. Porque pode. O som de duas pessoas a correr é mais forte do que o som de uma só pessoa a correr. Se uma das pessoas que corre for mais pesada do que a outra, e se for essa pessoa mais pesada que corre a que para de correr, a diferença sonora vai ser maior. Se esse som se derramar sobre o outro patamar de existência, os que estão à escuta vão reparar nessa diferença sonora maior.*

**ADAN**

*Reparando numa diferença sonora e refletindo calmamente.*

Fraquejou o som. Poderíamos até pensar que teria sido por tu teres parado. Entretanto ele só diminuiu, não parou absolutamente. Se tivesse parado absolutamente, talvez aí, sim, podíamos até pensar que teria sido por tu teres parado. Porém, quem nos diz que queremos que o som pare? (*Para o Afagador.*) Pelo sim, pelo não, acho que devias escolher se queres continuar.

**AFAGADOR**

Continuar?

**ADAN**

É uma palavra não é? A correr o risco.

*Surge um risco no chão e o Bom Deus começa a correr sobre ele ininterruptamente. Simultaneamente, sem saber qual das ações terá sido a primeira: A Mão Esquerda para de correr, dependendo da condição física, estará mais ou menos ofegante, servindo-se de mecanismos de recuperação do ritmo regular — movimento respiratório de expiração e inspiração pela boca. Claramente os patamares de existência começam a derramar-se uns sobre os outros, torna-se difícil discernir o que pertence a cada um. Claramente os patamares de existência começam a repetir-se. Ficamos sem saber qual das ações terá sido a primeira. O som cessa para Adan, Odut e Afagador. O som começa para Mão Esquerda e Mão Direita. Escutam o ribombar destes passos e assustam-se. "Não, não gosto disto", indagam.*

**MÃO ESQUERDA**

*Ofegante. Referindo-se ao facto de ter parado de correr.*

Não devia ter feito.

**MÃO DIREITA**

Ou devias.

**MÃO ESQUERDA**

Eu acho que é punição.

**MÃO DIREITA**

*Ignorando ou desvalorizando que a Mão Esquerda já não estaria a correr.*

Para então.

**MÃO ESQUERDA**

Já parei. Mas e agora?

**MÃO DIREITA**

*Ignorando ou desvalorizando o que a Mão Esquerda perguntou.*

Sinto-te prestes a morrer. Sinto que te poderia matar e sei que não renascerias. Se bem que me instalaste a dúvida. Não a dúvida, mas a curiosidade. Se só corri o risco para te matar. E se és relevante ao ponto de não o fazer. Ou irrelevante ao ponto de não perder tempo a pensar nisso sequer. (*Pequena pausa.*) É que tenho a sensação de que és relevante, sabes? (*Ri-se como se tivesse dito um disparate, desses disparates que as crianças que fumam dizem, e corrige-se.*)

Não tão relevante como Adan, nada há de mais relevante do que Adan.

**MÃO ESQUERDA**

Odut.

**MÃO DIREITA**

*Como quem corrige a pronúncia independentemente se está a ser dito corretamente ou não.*

Não, Odut.

**MÃO ESQUERDA**

Odut.

**MÃO DIREITA**

Não...

*Interrompida pela Mão Esquerda.*

**MÃO ESQUERDA**

Mas isto não é morrer. Não é assim. E se tu nem sabes, o que é que quiseste dizer com isso?

**MÃO DIREITA**

Tu também não sabes. Não sei, pareceu. Nada me dana.

Corre o risco, até te afundares, cava, talvez fures até ao outro lado. Talvez seja isso morrer.

**MÃO ESQUERDA**

Se tu nem sabes, o que é que quiseste dizer com isso?

*O Afagador escolhe continuar a afagar Adan, ficar mais um pouco a afagar Adan. Odut não é um afagador, não tem técnica, só a de quem sabe ser extremamente literal e extremamente rebelde. Não se sabe se os ornitorrincos afagam. Mas Odut afagou Adan também. Deveriam continuar até Adan esboçar o sorriso mais apropriado à situação. Deveriam continuar até Adan esboçar o sorriso de quem se escolheu a si próprio.*

**AFAGADOR**

*De olhos fechados.*

És relevo, és... (*Ri-se como se tivesse dito um disparate, desses disparates que as crianças que fumam dizem, e corrige-se.*) É que tenho a sensação de que és relevante sabes? (*Pausa.*) Esqueci-me do som? Ainda cá está? Quando parou? Dia seis. Agora sinto falta do som. (*Pausa.*) Um dia. Dia seis. Penso que foi dia seis... O que é que vem a seguir a seis? Bem no dia seis, deixei cair umas folhas, as do mapeamento. Deixei cair umas folhas. E percebi que no momento que as deixei cair, estava a pestanejar. Às vezes demoro-me mais no pestanejar do que devia, para me tentar enganar ao longo dos dias. Não, não gosto disto. Entreter ao longo dos dias. No momento em que caíram, as folhas... O movimento que compreende o pestanejar — é um movimento rápido de fechar e abrir a pálpebra. No momento que caíram as folhas, no dia seis, eu tinha as pálpebras fechadas, demorei-me demais no pestanejar. Percebi que o som das folhas a cair parecia o das asas de um pombo a baterem. Num primeiro reflexo, dei um passo para trás, não fosse o mapeamento, as folhas terem virado um pombo ferido à procura de direção. Só quando abri os olhos é que acreditei que não havia ali nenhum pombo. Mas a verdade é que nunca vou ter a certeza. Pensando bem, isto não foi entreter-me ao longo dos dias. Não, não gosto disto. Fiquei a duvidar. Permito-me ficar a duvidar. (*Afagador, que claramente se demorou a pestanejar, abre as pálpebras, vê que Adan sorri. Terminam. Odut e o Afagador param.*) Já brilha. É isto que dita o fim do meu turno. Sei que em breve terei que ir.

**ODUT**

E voltas?

**AFAGADOR**

Dia seis.

**ODUT**

Podes ficar mais um pouco.

**AFAGADOR**

*O Afagador levanta-se enquanto fala. Fala da despedida enquanto esta acontece. Afasta-se de Adan e Odut, os três acenam, com as duas mãos até, porque quiseram.*

Ficamos mais um pouco assim. E despedimo-nos, ficando juntos. Mais um pouco assim. O adeus já é agora. Mas sabemos que ainda temos mais um pouco. Quando eu for, podemos despedir-nos de novo. Podemos até acenar. Quando vos encontrei, já sabia que nos íamos despedir. E já sabia que íamos acenar uns aos outros. Costumo acenar, porque no fim já não tenho as mãos ocupadas. E posso acenar. Se acenarmos juntos, com as duas mãos até, se quisermos, vai parecer como se abánassemos os fios do nosso encontro, até se soltarem uns dos outros. Quando eu for, daqui a um pouco, quando eu for e os fios rebentarem, por não poderem esticar mais, acenem para o solo, para este solo que eu afaguei. Há algo de mim aqui. É que talvez não volte. Nem no dia seis. É que fiz-te brilhar. Foste o mais belo solo que afaguei.

**ODUT**

*Enquanto acenam.*

O que significa adeus?

**ADAN**

*Enquanto acena, sorri, permanece em silêncio.*

**ODUT**

Adeus. Do verbo "adar". Verbo "adar": a arte inútil de fazer adágios. Há uma coisa que sei fazer muito bem também. Acessar a informação que não sabia que sabia, sabias?

# A QUEDA DO BOM DEUS

*Simultaneamente, sem saber qual das ações terá sido a primeira: O Afagador desaparece do campo de visão, os fios rebentam, Adan e Odut acenam para o solo. Simultaneamente, sem saber qual das ações terá sido a primeira: O Bom Deus para de correr. Mais do que parar de correr, derrama-se sobre o patamar da Mão Esquerda e Mão Direita. A porta do alçapão, tornada muro, fecha-se, ou o muro desaba, derrama-se, dependendo do ponto de vista. Não, não gosto disto. O Bom Deus cai junto da Mão Esquerda e da Mão Direita. Dependendo da condição emocional, o Bom Deus, estará mais ou menos confuso, servindo-se de mecanismos de recuperação do ritmo regular — movimento respiratório de expiração e inspiração pela boca — para se acalmar, para continuar. Continuar para onde? Claramente os patamares de existência começam a derramar-se uns sobre os outros. Sei lá. A palavra existe, não existe? Torna-se difícil discernir o que pertence a cada um. A Mão Esquerda recua um passo e demora-se demais no pestanejar, como se achasse que ali estivesse um pombo. A Mão Direita mostra-se altamente prestável, resoluta, poderíamos dizer até, se nos couber esta palavra gorda na boca — excepcional.*

**MÃO DIREITA**

*Para Mão Esquerda.*

Quando souberes não digas. (*Aproxima-se do Bom Deus e afaga-o até este recuperar o ritmo regular.*) Pediste para existir?

**BOM DEUS**

Eu caí para ver melhor.

**MÃO DIREITA**

E então? Que te parece?

**BOM DEUS**

Aqui é o lugar onde se duvida? De onde eu vim não tinha a quem perguntar.

**MÃO DIREITA**

Importo-me pouco com isso. Não sei se te posso ajudar.

**BOM DEUS**

O que se faz aqui?

**MÃO DIREITA**

Nada. Diz-se tudo.

**BOM DEUS**

Boa, pareces de bem com isso.

**MÃO DIREITA**

Eu sim.

**BOM DEUS**

Então deixa-me ver melhor.

**MÃO DIREITA**

Lamento desiludir, mas melhor creio que não vá ser possível. Sou a melhor em muita coisa, o que me leva apenas ao triste fado de ser medíocre, sabem? A utilidade que devo dar à panóplia de talentos que tenho não é uma exigência minha. Eu não quero fazer nada, essa é a verdade. Poderei ser a melhor a fazer nadas. Poderei... Serei... Não sei bem o que isso implica também. Silêncio? Imobilidade total? Não sei, acho que nem os meus nadas são nadas... Que patético. Incapaz de ser a melhor em algo ou ir até ao fim das possibilidades, esses são os meus nadas, pronto. Nada. Nada a acrescentar.

**BOM DEUS**

*Confuso.*

Mas isso tu já disseste. Desculpa, interrompi-te. O que é que estavas a dizer?

MÃO DIREITA

Nada.

BOM DEUS

Certo, certo. Continua, então.

MÃO DIREITA

Adan era um nome invulgar, achava-se que seria um engano, um Adão que nunca o chegou a ser. Adan… achava-se também que poderia ter sido um Adónis. Mas Adan ficava mesmo aquém. O que mais dana Adan é nada. Nada dana Adan. Anda Adan, vem cá, vem, conta-nos por que nada te dana, conta-nos por que não és Adão, nem Adónis. Vem, não deixes nada por dizer, Adan.

BOM DEUS

*Mais confuso.*

Isso também…

*A Mão Direita começa a ficar perplexa, bem como o Bom Deus e a Mão Esquerda. Claramente os patamares de existência começam a repetir-se. Ficamos sem saber qual das palavras terá sido a primeira. A Mão Direita persiste em falar, na ambiguidade de querer dizer mais, ou outras palavras, encerrada no que já disse, palavras de tamanhos errados para as que a boca quer formular. Angustiante, unicamente comparável a um grito mudo de desespero ou confundir o som de folhas a cair, com o bater das asas de um pombo, a voar sem direção. Não, não gosto disto.*

**MÃO DIREITA**

Sou muito boa na cama também. Durmo bestialmente bem, se houvesse um concurso mundial de sono acho que... não é possível terminar, genuinamente, porque não consigo mentir. Quer dizer, sou mesmo boa a mentir, se houvesse um concurso mundial de mentir...

**BOM DEUS**

Isso também...

**MÃO ESQUERDA**

*Subitamente irritada com este recém-existente que nada devia saber.*

Como é que sabes? E se aqui não interessa o interesse do que dizemos, de que importa que ela se repita? Só se disse que se dissesse tudo. Talvez ela já tenha dito tudo. E agora pode descansar. Ficar em paz. Dever cumprido. Ganhou. (*Para Mão Direita.*) Ganhaste. Não era um ato eterno. Só para mim é que é um ato eterno. (*Pequena pausa.*) Mas sendo assim, como é que ela morre? (*Pequena pausa.*) Como é que ela pede para morrer? (*Depois de uma pequena pausa dirige-se à Mão Direita*) Posso sempre ser eu a matar-te.

**BOM DEUS**

E se, talvez, ela quisesse dizer mais?

**MÃO ESQUERDA**

Depois de tudo? Pergunta a LHE.

**BOM DEUS**

*Dirigindo-se à Mão Direita.*

Querias dizer mais?

**MÃO ESQUERDA**

Não, a LHE.

*Aponta para os vários sítios de onde acha ouvir o Bom Deus. LHE. O Bom Deus.*

**BOM DEUS**

*Compreendendo que a Mão Esquerda se refere a si mesmo como LHE. BOM DEUS. LHE.*

LHE talvez tenha tido que ir embora. Ou vá em breve.

**MÃO ESQUERDA**

Mas se LHE for embora, perguntamos a quem?

**MÃO DIREITA**

Odut, Odut, Odut.

**ODUT**

*Ouvindo o seu nome, pergunta a Adan.*

Ouviste? Há mais?

**ADAN**

Como assim?

**ODUT**

Sempre estiveste aqui? É que eu vim de França.

**ADAN**

E lembras-te?

**ODUT**

Não.

**ADAN**

Sabes o que é sequer?

**ODUT**

Não.

**ADAN**

Não és tu que sabes sem saber?

**ODUT**

Como é que sabes isso?

**ADAN**

Porque disseste há bocado.

**ODUT**

És confuso.

**ADAN**

Sou como tu. E tu como eu. Só és daqui. Que é como ali. Como depois e há bocado.

**ODUT**

Mas eu ouvi alguma coisa que não era daqui.

**ADAN**

Talvez o Afagador?

*Olham ambos para o chão, para os fios do aceno com o Afagador*

**ADAN**

Há algo dele aí.

**ODUT**

Cava, talvez fures até ao outro lado.

**ADAN**

Temos que esperar.

**ODUT**

Pelo que esperas agora?

**ADAN**

Agora espero pelo Amolador.

**ODUT**

*Com o entusiasmo e certeza de uma criança que fuma.*

Para te afiar os dentes de leite para com eles furarmos até ao outro lado. Ele traz leite?

**ADAN**

Não.

**MÃO DIREITA**

*Em pânico. Repete-se.*

Tu também não sabes. Não sei, pareceu. Nada me dana. Corre o risco, até te afundares, cava, talvez fures até ao outro lado. Talvez seja isso morrer.

**MÃO ESQUERDA**

Isto é uma agonia! (*Para o Bom Deus. LHE. Bom Deus.*) Foste tu! Tu caíste aqui para ver melhor e ela ficou assim! Ao que vieste? Pediste para existir? Sabes que ela, antes de ter dito tudo, disse-me "Quando souberes não digas".

**BOM DEUS**

Mas tu sabes? Diz-me se sabes.

**MÃO ESQUERDA**

Sabes que eu já nem tenho medo de pedir para morrer. Minto. Na verdade, tenho, porque tenho medo de re-existir. (*Procura as respostas de LHE, não sabe que a porta se fechou, não sabe que o muro desabou e que LHE, o Bom Deus, se derreteu até ali.*) Pode-se pedir para morrer sem pedir para re-existir? Ouves? Ouves-me? Não responde. Não diz nada. Deixei de ouvir? Talvez em breve tenha que partir. Cair para ouvir melhor. Ou foi LHE que deixou de dizer?

## BOM DEUS

Talvez não saiba, talvez já não saiba mais. Talvez nunca tenha sabido. Não, não gosto disto.

## MÃO ESQUERDA

Eu vou dizer tudo agora. Quero dizer tudo agora. Já disse bastante, agora vou só dizer mais. Posso? Posso. Não deixo nada por dizer. Como será possível, eu ser esta criança que se lembra tão mal das coisas. Não passou tanto tempo assim. Lembram-se mal também de mim. Falei deles, achava que os tinha criado, mas tudo o que se cria replica-se, não faz parte, deixa de fazer parte, ninguém compreende, nem se vê, nem se ouve mais. Preferível não estar sozinho nesse estado flutuante de onde brota tudo. Assisto aos afetos. Relato-os ou provoco-os, crias, crianças sois, sois "palúmeros". Ganhei medo. De ser irreverente, de ser rebelde, de querer ser impune desde o começo, perco-me no labirinto que torna tudo irrelevante, não existe começo, não existe impunidade.

# A RÁBULA DO AMOLA A DOR

*Entra o Amolador, reconhecível pelo som, pelo seu som. É belo o seu som. Imagine-se que entra na bicicleta que lhe confere o nome, o ofício e o transporte. O seu belo som é ensurdecedor para o Bom Deus. O seu som é belo para Adan e Odut. Odut e Adan dançam a melodia do Amolador e assim ficam mais um pouco. Ficamos assim mais um pouco.*

**BOM DEUS**

*Para o Amolador.*

Podes parar. Tu. Sim. Para. Para com isso. Tu. Isso dói. Dói-me. Para.

**MÃO DIREITA**

*Para Bom Deus, aproveitando-se do contexto específico para ir de acordo com o contexto, não deixando de se repetir. Basta encontrar um contexto específico. Não, não gosto disto.*

Diriges-te a mim?

**MÃO ESQUERDA**

*Surpreendida pelo sentido súbito da pergunta, perfeitamente enquadrada no contexto específico. Nem se apercebe da própria repetição.*

Repete o que disseste. Disseste uma coisa diferente do que no início. Podes repetir? Só para me assegurar do que disseste?

**MÃO DIREITA**

*Apontando para o Bom Deus. Usa-se do que tem para alertar que reconheceu, no recém-existente, o Bom Deus. LHE. O Bom Deus.*

O que é que LHE disse?

**MÃO ESQUERDA**

*Desta vez responde o que não tinha respondido antes.*

Disse "Não deixes nada por fazer".

*A Mão Esquerda Apercebe-se de que o Bom Deus é LHE. Apercebe-se de que LHE é o Bom Deus.*

**ODUT**

*Para o Amolador, enquanto continua a dançar com Adan.*

Não temos dentes para afiar.

**AMOLADOR**

*Consulta um mapa de horários ou qualquer outro documento equivalente.*

Está no mapeamento do dia de hoje. Dia seis.

**ADAN**

*Pergunta ao Amolador, como quem não espera resposta, enquanto continua a dançar com Odut.*

Se, porventura, eu tivesse uns dentes, guardados numa caixinha, dentes que já não me pertencem, que já não me cabem na boca, dores antigas, dores que já não são minhas. Podias amolecê-los?

**AMOLADOR**

*Ligeiramente preocupado.*

Mas por quê? É que não me mandaram fazer nada disto, não é suposto.

**ODUT**

Se me afiares os dentes, eu vou morder-te. Posso provar-te?

**ADAN**

Podias amolecê-los? Talvez assim pare de doer. Esta é Odut, a Odut ninguém mandou fazer nada e para ela também é dia seis. A única coisa que Odut ousa fazer é ser inútil, a mais inútil. Já é fazer alguma coisa, dirás tu. Sim, é que ela faz paradoxos. Procuramos um contexto específico, sabes? Um contexto específico para Odut ser rebelde. Esperamos leite. Odut é impaciente. Se tu amoleceres as dores dos meus dentes de leite, talvez se derretam e derramem por aí, por ti. É que eu amo Odut e amo o Amolador. (*Pausa.*) Lembras-te de mim de antes?

**AMOLADOR**

Isso é onde?

**ODUT**

Ora, o mesmo que agora mas há bocado.

**AMOLADOR**

Eu comecei só dia seis. Devia ser outro eu, outro de mim, digo.

**ADAN**

O teu som é belo. Escolheste-o?

**AMOLADOR**

Não, faz parte.

**ADAN**

Mas se pudesses, escolhias outro?

**AMOLADOR**

Nunca pensei nisso.

**MÃO ESQUERDA**

Tu és LHE.

**BOM DEUS**

Não entendo.

**MÃO ESQUERDA**

Foste tu que nos puseste aqui. És LHE.

**BOM DEUS**

Eu não sou nada. Isso foste tu que criaste, bem como o resto. As mortes. As re-existências. As resistências. A dúvida. Plantaste a dúvida neste solo árido. Criaste a dúvida em mim. E agora vim ver melhor. Caí aqui. (*Para o Amolador.*) Tu. Sim, tu. Para com isso. (*Para a Mão Esquerda, referindo-se à Mão Direita.*) E eu acho que ela é que sabe, sabes? Ela é que é excepcional aqui. Ou tu também já sabes?

**MÃO ESQUERDA**

Sei que em breve terei que partir.

**BOM DEUS**

Leva-me contigo. Onde vais?

**MÃO ESQUERDA**

À procura do que há depois de tudo. O fim do ato eterno. Só fiquei aqui mais tempo por causa das tuas respostas. Agora sei que me é indiferente que me reconheças ou não. Que me ouças ou não. Não existo menos. Tenho o sorriso daquele que se escolheu a si próprio. Como saíste de onde vieste?

**BOM DEUS**

Correndo o risco.

**MÃO DIREITA**

*Dançando.*

Dançando. (*Mão Esquerda e Bom Deus surpreendem-se por Mão Direita estar a dizer mais. Talvez tivesse que se repetir, até poder dizer mais. Talvez se volte a repetir mais algumas vezes, até voltar a dizer mais. Basta dizer. Muito, tudo, o mesmo. Mão Direita tem o sorriso daquele que se escolheu a si próprio. Como saiu de onde estava? Dançando.*) Adan e Odut por vezes dançavam. Às vezes para afastar o frio que entorpecia os pés. Às vezes para afastar o calor, pingando o suor no solo. Quando Odut dançava com Adan, para afastar o calor, não pensava que as gotas de suor que pingavam no solo fossem regá-lo. Não pensava em ser útil ou inútil sequer. Adan e Odut às vezes dançavam a mesma música, às vezes cada um a sua. Tentavam dançar sempre no mesmo sítio. Talvez um dia, de tanto dançar, amoleçam aquele mesmo sítio onde dançam sempre. Talvez um dia, de tanto dançar, furem até o outro lado.

**ADAN**

*Para o Amolador.*

Vem dançar conosco. Agrada-nos a tua música. O teu som é belo. Ouve. Ouves?

**ODUT**

Mas, se quiseres, podes dançar outro som que não o teu. Desde que seja aqui. Tem que ser só aqui. No mesmo sítio onde nós estamos a dançar. Mas pelo sim, pelo não, acho que devias ser tu a escolher o som que queres dançar.

**AMOLADOR**

*Solícito. Prestável.*

E os dentes? Dá-mos. Eu afio.

**ADAN**

Não os tenho. Lamento.

*Começamos a ouvir quatro músicas diferentes, quatro sons diferentes, quatro melodias ao mesmo tempo — cacofonia e parafernália. Um, dois, três, quatro. O som do Amolador, o som do Bom Deus, o som da Mão Esquerda e o som da Mão Direita. A Mão Direita já dançava, a Mão Esquerda e o Bom Deus juntam-se a ela. Quando começam a dançar, começam a ouvir-se os seus belos sons. Quando se ouvem os seus belos sons, começam a dançar. Simultaneamente, sem saber qual das ações terá sido a primeira. Claramente os patamares de existência começam a derramar-se uns sobre os outros. Adan, Odut e o Amolador olham à sua volta, à procura dos sons.*

**AMOLADOR**

São as nossas músicas?

**ODUT**

Gostas? Não deixes nada por dizer.

*Amolador começa a dançar com Adan e Odut.*

**ADAN**

Assim está melhor, não está?

**BOM DEUS**

*Para Amolador.*

Tu. Sim, tu. Não pares agora.

*Dançam os seis por um tempo, ficam assim por mais um tempo.*

**AMOLADOR**

*O Amolador continua a dançar enquanto fala. Fala da despedida enquanto esta acontece. Afasta-se de Adan e Odut, os três dançam, o mesmo som, ou cada um o seu porque assim o quiseram.*

Este som. Estes sons. Já os li. Minto. Não, não gosto disto. Ouvi-os. Leram-mos, digo. Quando era uma criança que fumava, sim, as crianças também fumam. Quando era uma criança que fumava, havia alguém que me contava histórias, para que elas não morressem na sua boca, cheia de palavras gordas, prestes a fechar. Eu ouvi e nunca as contei. Este som, contaram-mo. Era uma história sobre o que tinha aprendido a tocar flauta para enganar a nostalgia. Tocava flauta e andava de bicicleta para enganar a nostalgia. Mas eu nunca acreditei nisso. Sempre achei que ele já sabia tocar flauta. É que a nostalgia raramente se canta. Ouvi isso um dia também. Talvez, sem querer querendo, tenha sido essa história, que nunca contei depois de ouvir, que me fez ser amolador. É que, depois de mim, nunca conheci mais nenhuma criança que fumasse. (*Pequena pausa.*) Ficamos mais um pouco assim. Aqui é calmo e fácil de gerir. Sei que em breve terei que partir. (*Pergunta-se como se perguntasse a um outro, esperando ouvir resposta.*) E voltas? Dia seis. Mas é possível que não volte. Nem dia seis. Sinto que ficou tão aguçado que desvaneci e virei um som. É belo. Quando vos encontrei, já sabia que nos íamos despedir. (*Pergunta-se como se perguntasse a um outro, esperando ouvir resposta.*) Esperaram muito? Não me faz sentido pensar ou falar em espera, nem em despedida. Não são atos parados. São como a dança, o meu belo som, ou a roda da bicicleta. Eu espero em movimento. Eu despeço-me em movimento. Se vocês puderem, ou quiserem, de vez em quando, dancem o meu belo som. Há algo de mim aqui. Agora pensei nisso, talvez eu não tenha escolhido o meu belo som, talvez tenha sido ao contrário, sim. As minhas canções preferidas sempre estiveram muito próximas das lágrimas. Talvez estas canções tornem este solo menos árido. Talvez por isso tenha querido ser o Amolador, para ter uma canção próxima das lágrimas. Vai lacrimejar? Já não arranjo guarda-chuvas. Porque este solo é árido. Mas se lacrimejar aqui... podia anunciar as lágrimas com a minha canção e voltar a arranjar guarda-chuvas. (*Pequena pausa.*) Talvez nunca tenha contado a história do homem que aprendeu a tocar flauta para enganar a nostalgia, porque acredito que há lágrimas que pertencem à nostalgia e canções também. Antes dançar.

## EPÍLOGO A RÁBULA DO GUARDA A DOR

*Simultaneamente, sem saber qual das ações terá sido a primeira, o Amolador desaparece do campo de visão, até sair. Ou melhor: dança, dança até sair. Adan e Odut dançam ainda. Simultaneamente, sem saber qual das ações terá sido a primeira: a Mão Esquerda, a Mão Direita e o Bom Deus dançaram até se depararem com Adan e Odut. Mais do que dançar, derramam-se sobre o patamar de Adan e Odut. A segunda porta do alçapão, tornada muro, fecha-se, ou o muro desaba, derrama-se, dependendo do ponto de vista. Não, não gosto disto. Simultaneamente, sem saber qual das ações terá sido a primeira: Todas as músicas param. Só Adan e Odut continuam a dançar. Simultaneamente, sem saber qual das ações terá sido a primeira: o solo de todos os alçapões vira parede, muro, paisagem, atrás dos seis. E ao sétimo. Não, não gosto disto. Ninguém se surpreende com a existência uns dos outros. Aqui é calmo e fácil de gerir. Torna-se difícil discernir o que pertence a cada um. Torna-se difícil discernir quem é quem. Um mesmo patamar de existência. Adan e Odut acenam com as duas mãos para os restantes, que retribuem, com duas mãos o aceno, porque assim quiseram. Ficam a observar o par.*

**BOM DEUS**

Mas, mas é magnificente.

**MÃO DIREITA**

Obrigada.

**BOM DEUS**

São belos assim.

**MÃO DIREITA**

Eles sabem.

**MÃO ESQUERDA**

Podemos começar por aqui? Só isto durante algum tempo? Quero olhar bem para eles assim.

**MÃO DIREITA**

Temos tempo.

**MÃO ESQUERDA**

Ficamos assim por um tempo.

*Mão Esquerda, Mão Direita e o Bom Deus sentam-se a contemplar, fixam o mesmo ponto, não importa a orientação, desde que seja um exercício contemplativo. Como se todos estivessem à beira do rio. Adan vai ter com eles e senta-se também, só Odut continua a dançar. As palavras são de todos.*

**ADAN**

Acham que demoraram muito tempo a chegar?

**MÃO ESQUERDA**

Não.

**ODUT**

Acho que espero por outra coisa agora.

**MÃO DIREITA**

Que esperas?

**MÃO ESQUERDA**

O que guarda a dor, cujos rebanhos, são de ornitorrincos.

**ODUT**

Ele que me guarde perto deles também.

**BOM DEUS**

A arte mais inútil: querer ser-se o que já se é.

**ADAN**

Vem no dia seis.

**MÃO DIREITA**

Que dia é hoje?

**ODUT**

Hoje é dia seis. Escuto o som dos ornitorrincos lá bem ao fundo, que é o mesmo que aqui.

**MÃO ESQUERDA**

Se eu pensar em água e depois bebê-la, é algo que se qualifica como fazer magia, não?

**BOM DEUS**

Só se fala no desperdício de água. Nunca ninguém fala no desperdício de leite. (*Pausa.*) Ele traz leite?

**ODUT**

Não. Nunca fiz um amigo a beber leite.

*Entra o Guardador, aproxima-se calmamente de Odut, que para de dançar, como se já esperassem um pelo outro. É o Guardador de rebanhos de Alberto Caeiro. De Fernando Pessoa. De Alberto Caeiro.*

**GUARDADOR**

Vamos? Por onde andavas? Esta criança sentiu-te a falta. Mas não te procurei. Esperei-te em movimento. E agora entrei aqui corrente de ar morna.

**ODUT**

Já não queria ser ornitorrinco. Já nem preciso de leite.

**GUARDADOR**

Ficamos aqui então. Nunca guardei rebanhos.

*Encaminham-se para perto dos outros, sentam-se e contemplam, presume-se que contemplem o mesmo, ou talvez, se cada um assim quiser, coisas diferentes.*

**ODUT**

Oh, mãe!

**BOM DEUS**

Vieste de França?

**GUARDADOR**

Isso é o quê?

**BOM DEUS**

Também não sei. Tu sabes?

**MÃO DIREITA**

Oh mãe! Não.

**ODUT**

Eu sei que nasci lá. Que é longe. E que estive sempre aqui.

**GUARDADOR**

Sou como tu. E tu como eu. Só és daqui. Que é como ali. Como depois e há bocado.

**MÃO ESQUERDA**

E os ornitorrincos?

**GUARDADOR**

Pelo que sei, aqui, extintos.

**BOM DEUS**

Que rebanho guardas agora?

**GUARDADOR**

De dores. Que já não me pertencem, que já não me cabem na boca, dores antigas, dores que já não são minhas. Dores de tudo e de nada que são o mesmo. As que não se sentem sem serem vividas. Como as verdades. Ou as palavras, nem essas se tornam verdades, ou dores, já que nunca são vividas.

**MÃO DIREITA**

Vive a dúvida.

**GUARDADOR**

Não dói, nem provoca calor, nem conforto, não é amargo, não é doce, não provoca náuseas, nem arrepios, nem medo, nem alegria, nem alergia. Permite contemplar.

**BOM DEUS**

Oh, mãe!

*Silêncio. Contemplam.*

**ADAN**

Oh, mãe! É tudo tão bucólico.

**ODUT**

Nada é tão bucólico como…

**GUARDADOR**

Já sabes?

**MÃO ESQUERDA**

Já. Tu?

**BOM DEUS**

Sim.

**MÃO DIREITA**

Então amanhã é?

**BOM DEUS**

As vezes que precisares.

**GUARDADOR**

Oh, mãe! "Na nossa voz, tudo se torna numa lenda, pois nela, nada se passou."*

**MÃO ESQUERDA**

Oh, mãe!

*Pausa.*

Morro.

*TODOS repetem, simultaneamente, o movimento respiratório rápido de expiração e inspiração pela boca feito anteriormente. Black Out. Não, não gosto disto. Oh, Mãe! Eu sou pequenina, não sei fazer nada, só sei ir à cozinha buscar a marmelada.*

FIM

* RILKE, Rainer Maria. CARDOTE, Maria Gabriela. (2017) "Histórias do Bom Deus e outros contos". Livros do Brasil/Porto Editora. p.80.

**Laura Morais da Silva**

Atriz, criadora, encenadora, produtora. É natural da Covilhã e reside em Lisboa. Concluiu a licenciatura em teatro – Ramo Atores na Escola Superior de Teatro e Cinema, cidade de Amadora, no ano de 2014. Cursou pós-graduação em Artes da Escrita na Faculdade de Ciências Sociais e Humanas – Universidade Nova de Lisboa, instituição na qual obteve igualmente o seu grau de mestre em artes cénicas.

Desenvolve o seu trabalho como criadora desde 2015 tendo assinado, em colaboração, os espetáculos *Caducado* (2015) e *Amor²* (2016) e com a companhia que cofundou e integra, a Parada de Elefantes Teatro, as peças *Sabor a cereja* (2017), *Saturnais* (2018), *A emancipação do ser sem braços* (2019), *Maria Pilar e Entre os meus rins* (2021).

Iniciou o seu trabalho de dramaturgia nas criações que assina, quer como coautora, quer individualmente. O cunho que pretende dar ao seu trabalho criativo guia-se pela pesquisa sobre a potencialização da falha, a falha tornada poética.

*O Fazedor de nadas* é o seu terceiro texto e o primeiro a ser publicado.

**O FAZEDOR DE NADAS**

estreou no Teatro Taborda em Lisboa, em Outubro de 2021, uma produção *Parada de Elefantes* — teatro e acolhimento pelo Teatro da Garagem. Com direção de Laura Morais da Silva, as atrizes Larissa Cintra, Leonor Vilar, Teresa Silveira Machado e os atores André Lopes, Brandão de Mello e Pedro Miguel Jorge.